Soraya

roman rouge

D1426269

Dominique et Compagnie

Sous la direction de

Yvon Brochu

François Gravel

David et
le Fantôme

Illustrations
Pierre Pratt

**Données de catalogage
avant publication (Canada)**

Gravel, François
David et le Fantôme
(Roman rouge)
Pour enfants de 6 ans et plus.

ISBN 2-89512-165-6

I. Pratt, Pierre. II. Titre

PS8563.R388D38 2000 jC843'.54 C00-940260-8
PS9563.R388D38 2000
PZ23.G72Da 2000

Dépôts légaux : 3e trimestre 2000
Bibliothèque nationale du Québec
Bibliothèque nationale du Canada
Bibliothèque nationale de France

ISBN 2-89512-165-6
Imprimé au Canada

10 9 8 7 6 5 4 3

Direction de la collection :
Yvon Brochu, R-D création enr.
Éditrice : Dominique Payette
Direction artistique et
graphisme : Primeau & Barey
Révision-correction :
Martine Latulippe

Dominique et compagnie
300, rue Arran
Saint-Lambert (Québec) J4R 1K5
Téléphone : (514) 875-0327
Télécopieur : (450) 672-5448
Courriel :
dominiqueetcie@editionsheritage.com

Nous remercions le Conseil des Arts du
Canada de l'aide accordée à notre pro-
gramme de publication ainsi que la SODEC
et le ministère du Patrimoine canadien.

À Jules

Chapitre 1

Le cauchemar du samedi

Mon père est un homme très important. Il ne peut jamais quitter son magasin, alors c'est moi qui dois faire ses commissions. Chaque samedi matin, je dois aller chez grand-père, pour lui apporter ce dont il a besoin. Parfois ce sont des vêtements chauds, parfois des timbres, ou des journaux, ou n'importe quoi : on trouve de tout, dans le magasin de mon père.

Chaque samedi, je traverse donc tout le village à pied pour me rendre chez grand-père. Et, chaque fois, j'ai peur. Je n'ai pas peur de grand-père, même s'il parle fort. Il est très gentil. Je lui donne ce qu'il a commandé, il me donne quelques biscuits pour me remercier, et c'est tout. Ensuite, je rentre à la maison.

C'est juste avant d'arriver chez lui que j'ai peur.

Grand-père habite la dernière maison, au bout du chemin. Pour y aller, on n'a pas le choix : il faut passer devant la maison abandonnée. Et pour rentrer chez moi, il faut encore passer devant cette vieille maison sinistre, entourée d'un mur de pierre. Derrière ce mur se cache un chien. Un chien policier. Un chien noir, maigre et fou. Chaque fois, j'ai peur qu'il me saute à la gorge et qu'il me dévore en deux ou trois bouchées.

Ce matin, j'ai décidé d'en parler à grand-père, mais il ne veut pas me croire.

– Un chien, dis-tu ? Monsieur Samuel avait bel et bien un chien, dans le temps. Mais monsieur Samuel est mort il y a quelques mois, et son chien a disparu en

même temps que lui. Du moins, il me semble… Un chien ne peut pas survivre sans maître. Et, s'il y avait un chien dans cette maison, tu sais bien que je l'aurais entendu !

Je ne suis pas convaincu du tout. Même si le chien hurlait, impossible pour grand-père de l'entendre : il est sourd ! Mais je ne réponds pas, pour ne pas le vexer.

– Tu as trop d'imagination, mon petit David, dit-il en me caressant les cheveux. Tiens, prends ces biscuits, pour ta peine...

Je prends les biscuits et je sors. Et j'ai très peur : le chien est sûrement là, qui m'attend derrière le grand mur.

Chapitre 2

La bête sauvage

Je longe le mur de pierre. Je marche sur la pointe des pieds, pour que le chien ne m'entende pas. J'essaie de ne pas respirer et de ne pas faire de bruit. Ça ne sert à rien. Le chien m'a encore senti de loin. Il est caché derrière le mur. Je ne le vois pas, mais je l'entends gronder. Et je peux le sentir, moi aussi : il sent la bête, la bête fauve, la bête sauvage. Je n'ai jamais eu aussi peur.

Je continue de marcher le long du mur. Je sais qu'il me suit de l'autre côté, pas à pas. Des branches mortes craquent sous ses pas, et je l'entends haleter.

Je suis tout près de la grille. J'arrête. Je le sens qui s'arrête, lui aussi. C'est toujours à ce moment précis,

juste avant d'atteindre la grille, juste avant de le voir, que j'ai le plus peur. Une peur épouvantable.

La grille est vieille et rouillée, fermée par un vieux cadenas tout cabossé. Chaque fois que je passe devant elle, le chien se lance dessus la tête la première, comme s'il voulait l'enfoncer. Je prends une grande respiration. Puis, je m'élance et je passe très vite devant la grille. J'essaie de ne pas regarder la bête, mais j'ai quand même le temps de voir ses yeux rouges, ses crocs jaunes, sa gueule grande ouverte et ses babines noires, couvertes d'écume. Il est fou, fou furieux. Il faut être fou pour se lancer ainsi, la tête la première, dans une grille

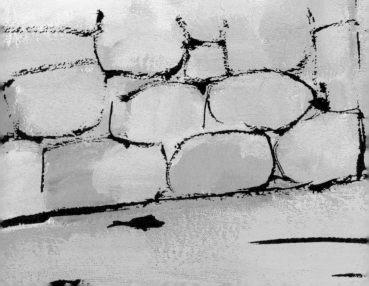

de métal. Le pire, c'est qu'il va parvenir à la défoncer, c'est sûr !

Chaque samedi, la grille bouge un peu plus. J'entends les pentures et le cadenas pousser de plus longs grincements. Et plus le chien fonce

dans cette grille, plus je sens mon cœur battre. Il bat tellement fort que mes côtes me font mal.

Ce matin, c'est pire que pire : en plus de foncer dans la grille, le chien commence à creuser. Il va bientôt réussir à se frayer un chemin, c'est sûr ! Il faut faire quelque chose !

Chapitre 3

Un chien qui n'existe pas

Mon père déteste qu'on le dérange pour rien. Je lui ai tout de même parlé du chien, parce que j'ai trop peur. J'ai tellement insisté que, ce matin, il a décidé de m'accompagner jusqu'à la maison abandonnée avant l'ouverture de son magasin.

Mon père essaie d'ouvrir la grille. Il n'y arrive pas. Il jette tout de même un coup d'œil sur le terrain de monsieur Samuel et sur sa

vieille maison en ruine. Pas la moindre trace du chien ! Le chien n'est pas là !

– Mon petit David, tu vois bien qu'il n'y a pas de chien, dit-il. Tu as peur d'un chien qui n'existe pas. Maintenant, j'espère que tu ne vas plus me déranger pour rien !

Peut-être qu'il a raison… Peut-être que j'ai trop d'imagination… Mais peut-être aussi que le chien a eu peur de mon père! Peut-être qu'il s'est caché et qu'il reviendra plus tard! Mon père ne l'a pas vu, c'est vrai, mais est-ce que ça prouve qu'il n'existe pas? Je sais bien, moi, qu'il existe pour vrai!

— Et maintenant, continue jusque chez grand-père pendant que je retourne au magasin. Je suis déjà en retard!

Je file jusque chez grand-père, je lui donne ce qu'il a commandé, et je m'en retourne quelques minutes plus tard avec mes biscuits. Quand je repasse devant le mur de pierre, je me sens mieux. Je suis sûr que le chien a eu peur de mon père et qu'il est parti pour de bon.

Je marche le long du mur, et je n'entends rien. Mon cauchemar est enfin terminé ! Quand j'arrive devant la grille, je ne cours pas; je continue à marcher lentement.

Horreur ! Le chien est encore là ! Il est même plus fou, plus

dangereux que jamais. Il hurle comme un loup. Il m'a suivi tout le long du mur, en silence, pour mieux me surprendre. Quand il fonce sur la grille, j'ai tellement peur que je tombe presque sans connaissance.

Il se lance sur la grille, encore et encore. Et plus il se lance sur la grille, plus il saigne. Et plus il saigne, plus il devient furieux. J'essaie de ne pas le regarder et de courir le plus vite possible, mais j'ai quand même peur. Je l'entends grogner et aboyer. Je l'entends hurler de rage. J'entends aussi les pentures rouillées qui grincent, gémissent… Elles vont céder, c'est sûr !

Je cours, je cours, je cours, et je ne m'arrête que lorsque je suis à bout de souffle. Arrivé devant le magasin de mon père, je me retourne : le chien n'est pas là. Tout ce que j'entends, c'est mon cœur qui bat.

Je m'assois quelques instants sur un banc, et je réfléchis. Il faut que je fasse quelque chose. Ce chien me gâche l'existence. Chaque nuit, je fais des cauchemars dans lesquels il me saute à la gorge. Et mes samedis sont pires que des cauchemars ! Dire que, pour mon père, c'est un chien qui n'existe pas. Pour moi, il existe beaucoup trop !

Puisque personne ne veut me croire, je vais devoir me débrouiller seul.

Mon grand-père dit qu'on trouve souvent des solutions quand on marche longtemps, donc je marche, je marche, et je marche encore, jusqu'à ce que... ça marche ! J'ai trouvé une solution !

Enfin samedi !

Je me lève, je déjeune, je retourne dans ma chambre et j'ouvre un tiroir de ma commode. J'en sors une boîte de métal qui contient tout mon argent. J'économise depuis longtemps pour acheter des albums illustrés, mais tant pis.

Avant d'aller chez grand-père, j'arrête chez le boucher pour acheter un os. Un os gigantesque et très dur, pour que le chien le gruge longtemps.

Quand j'arrive devant la maison de monsieur Samuel, je lance l'os par-dessus le mur. C'est un os géant, dur comme la pierre. Je ne peux pas voir le chien, mais je peux l'entendre, et ce que j'entends est effrayant ! J'entends l'os craquer sous les mâchoires du chien. La bête l'avale en trois bouchées, mais je suis déjà loin !

Au retour de chez grand-père, le chien fonce encore dans la grille, tête baissée. Mais il me semble qu'il jappe un peu moins

fort, surtout quand je lui lance un biscuit.

Pauvre chien… il devait être affamé !

Chapitre 4

Un cauchemar
qui coûte cher !

Je n'aurais jamais cru que des os et de la viande pouvaient coûter si cher ! J'ai vite épuisé mes économies. Pour gagner des sous, je suis maintenant obligé de travailler.

Chaque jeudi, après l'école, je range des boîtes dans le magasin de mon père. Le vendredi, je fais des livraisons. Et chaque samedi, j'arrête chez le boucher pour

dépenser tout ce que j'ai gagné. J'achète un gros os, parfois un peu de viande. Ensuite, je m'en vais chez grand-père.

Depuis que j'ai trouvé ce truc, le chien ne grogne plus quand il m'entend arriver, et il ne se lance plus la tête la première dans la grille. Mais il aboie encore,

comme s'il ne pouvait pas s'em-
pêcher de me faire peur. Il aboie
jusqu'à ce que je dépose la
viande près de la grille, ensuite il
se tait. Il me regarde, méfiant,
sans oser s'approcher. On dirait
qu'il ne veut pas que je le voie
manger. Il attend que j'aie le dos
tourné et il se précipite sur son

repas, qu'il avale en trois bouchées.

Pour un chien qui n'existe pas,
je trouve qu'il a un bon appétit !

Je n'ai presque plus peur du
chien.

Ce samedi matin, comme d'habitude, je lance mon os par-dessus la clôture et...

Qu'est-ce qui se passe? Le chien avale son os en trois bouchées mais, au lieu d'aller se cacher derrière le mur pour le digérer, il fonce la tête la première sur la grille. On dirait qu'il est encore plus fou, encore plus

enragé ! Moi qui pensais l'avoir
apprivoisé !

Il recule pour prendre son élan
et il fonce encore une fois sur la
grille. Il a repris des forces depuis

que je le nourris. Il est maintenant beaucoup plus robuste. Il fonce et fonce encore. Je suis tellement étonné que je ne bouge pas. Je reste là à le regarder se cogner contre la grille. On dirait que j'oublie d'avoir peur.

Soudain, les pentures cèdent et le cadenas se brise en mille morceaux. Je ne bouge toujours pas. Il n'y a plus rien entre nous deux, plus de mur ni de grille, et le chien fou s'avance vers moi,

les oreilles basses, la queue entre les jambes.

Va-t-il me sauter à la gorge ? Va-t-il me dévorer ? Ses crocs sont toujours aussi menaçants, mais ses yeux sont différents. On dirait qu'il a peur, lui aussi. A-t-il aussi peur de moi que j'avais peur de lui ?

Il avance encore en me regardant droit dans les yeux…Va-t-il bondir sur moi ?

Mais non : il se couche par terre pour que je le flatte.

– Ça alors ! dit mon grand-père quand il me voit arriver chez lui avec mon nouvel ami. Le chien de monsieur Samuel n'était pas mort. Ça alors ! Ça alors !

Je lui réponds que ce n'est plus le chien de monsieur Samuel, que

c'est *mon* chien. Et je le répète plus fort, pour qu'il comprenne bien.

Mon père réagit comme mon grand-père :

—Ça alors ! dit-il. Le chien existait vraiment. Ça alors ! Ça alors !

Je lui réponds que le chien existe vraiment, et que c'est maintenant *mon* chien. Je l'ai trouvé, je l'ai nourri, alors j'ai le droit de le garder, du moins il me semble.

—C'est donc pour ce chien que tu dépensais tout ton argent ! Tu as bien mérité de le garder, en effet ! Comment vas-tu l'appeler ?

– Fantôme !

– Fantôme ? Quel drôle de nom pour un chien ! Et pourquoi veux-tu l'appeler ainsi ?

– Parce que les fantômes n'existent pas !

Dans la même collection

Achevé d'imprimer en novembre 2001
sur les presses de Imprimerie L'Empreinte inc.
à Ville Saint-Laurent (Québec)